Marũa Ma Maitũ

◆

mandĩkĩtwo nĩ

Cege wa Gĩthiora

◆

◆

◆

ISBN: 978-0-9543960-4-6

Published by JC Press (UK)

◆

Kũrĩ Maitũ na Baba

Raphael Gĩthiora na Alice Wambũi

◆

Ngaatho

◆

Icunjĩ cia **Marũa Ma Maitũ** ciarutirwo rĩa mbere thĩĩnĩ wa Njaranda ya Mĩikarĩre ya *Mũtiiri* Vol. 1, 2, na 3, 1994. Nĩ ngũcokia ngaatho nyingĩ mũno kũrĩ Burobetha Ngũgĩ wa Thiong'o nĩ ũndũ wa kũmamũkĩra, na nĩ ũndũ wa mataaro make. Ndingĩriganĩrwo nĩ andĩki, atabarĩri na athomi a *Mũtiiri* — mũtirima wa ma.

◆

Kĩambĩrĩria

◆

Mũthenya ũmwe ndagũtigire maitũ
ngĩthiĩ mũrĩmo kũndũ kũraaya
ngĩgũtiga na ihoru rĩingĩ
rĩa kuona mwana ũngĩ waku
agĩthiĩ mũrĩmo kwene kũnene
Maitũ, wandutĩire tuothe ngĩhukia
nĩguo njiganie cia tigiti
ya gũthiĩ gũcaria gĩthomo.

Mũthenya ũcio ndũngĩriganĩrĩka:
kwarĩ rũciinĩ kĩroko, riũwa rĩkĩara
wee warĩ mũgũnda ũkĩrĩmarĩma
tũroiganĩra ũhoro tũtekwenda
—thiĩ thayũ mũriũ wakwa
—tigwo na wega maitũ
tũkĩhĩmbanĩria.

Ndĩ rũgendoinĩ ndeyũragia atĩrĩ:
hihi nĩ tũkonana nawe rĩingĩ?
nĩ ngacoka kuona mũciĩ na andũ aitũ
itũũra na araata aya maranyumagaria?
wĩthĩ naguo nĩ mwega tondũ
itanathiĩ hanene ũritũ ũcio ũkĩhũtha
tondũ meciria makwa marĩ mbere
kũnene mũrĩmo kũraaya
ndongoretio nĩ irooto.

◆

▼

Mũrĩmo

Mũrĩmo kũraaya ta manjarara!
kũrĩa ciana nyingĩ cia atumia
cithiyaga gwetha gĩthomo
mũndũ agathiĩ na mwĩrĩgĩrĩro mũnene
na akinya kuo no kahinda gatarĩ cĩhĩ
mbica ĩrĩa arĩ nayo ĩkabanjũka
rĩmwe agethikĩra aririkana
maũndũ atigire na thuutha
ndĩra ciake, araata ake
ihĩĩri cia ciana igĩthaaka
ihĩĩ na ũhĩĩ wa cio
mĩtheko ya airĩĩtu na anake makiuhana
athuuri na atumia makĩrĩa kĩrĩra nja
akaririkana mataha ma irio cia ngimo
nyama cia hĩhio, kabũri kororo
ndũndĩro, mĩtura, thengatwarie
maaĩ ma ndigithũ mahehu wega
ũcũrũ mũmata wa mũkiyo
kana wa mũhĩa na mwere
njohi ya ũkĩ na mũratina
maembe, mainabu, matomoko
igwa kĩanda hakuhĩ na rũĩ

nyotora cia kŭnyotora

o na kanyotu mŭnyotu atĩa!

mŭndŭ aririkanaga macio na mangĩ

thota na irio cia mŭrĩmo ikaaga cama

nyama ciao itŭŭragio mbarabuinĩ

matunda mao makŭragio na ndawa

o na njui ithecagwo cindano

igatuĩka ngŭkŭ na kiumia kĩmwe

nĩ ngeragia kwĩrugĩra rĩmwe

ta ŭrĩa ndonaga ŭgĩtŭrugĩra

no ciakwa citirĩ mŭcamo ta wa ciaku maitŭ

no nĩ cirĩ cama gŭkĩra ciao

monaga ngima magatheka

ndanyua ŭcŭrŭ makeng'aŭrĩra

no matiramenya ŭrĩa ngima kana ngimo

iratŭma ngŭkuhĩrĩrie o na ndĩ kŭraaya

ngona hinya wa mataaro wanandaara

Maitŭ: tiga wanderire wega

ŭkĩnduta kwĩyŭmĩrĩria

nĩ ingiomirwo nĩ ngoma njŭru tene!

▼

Irooto

Irooto nĩ cio cindũirie
mĩaka mĩingĩ ndĩ Rũraaya
gũtirĩ kĩroto o na kĩmwe
ndarotagĩra kũu kwene!
ciothe! ciekĩkagĩra Mang'u
kana kũngĩ bũrũriinĩ witũ
Njamũhũri ya Kenya
ũguo nĩ ta kuga atĩa?
atĩ mwĩrĩ na meciria
citikoragwo hamwe hĩndĩ ciothe
no ũthĩĩnie (kana ũkenie) mwĩrĩ
no meciria matirĩ hau
Ringĩ o na ndĩ kĩrathiinĩ
kana ndĩ nyiki nyũmba kana njĩrainĩ
meciria nĩ moyaga mathagu:
nĩ niĩ ũcio maithikiri igũrũ
ngahũra itanga ngereire mũbutĩtinĩ
—Wĩ mwega nyina wa Kamau?
— ĩĩ ndĩ mwega no ngana wee!
na hau kabere ngakora angĩ
— mwaigua atĩa?
— aaca gũtirĩ kaũru!
ngakinya bara nene

4

mũikũrũko gatuambainĩ ngaharũrũka
mũithikiri no ndogo
rũhuuho no mĩrũri
konainĩ ma no matatũ ĩngĩnduta bara
karĩmainĩ ngokĩrĩria maithikiri
ngoro ĩkahũra na hinya wa bũrũri
ndakinya karĩma igũrũ ngahũmũka
ngarũgama ndĩtiranĩtie na mũithikiri
hĩndĩ ĩyo ngerorera bũrũri mĩena yothe
arĩmi mainamĩrĩire mĩgũndainĩ
magĩthikĩrĩra irio nduru na thaka
one kahĩĩ njĩrainĩ
icembe rĩ kĩande karorete mũgũnda
nĩ kamba kũrũgama kwĩĩndorera
ngathoma meciria mako
amu ma kareyona karĩ igũrũ
rĩa maithikiri ĩno yakwa
— nĩ atĩa kahĩĩ?
o na gatingĩigua
ngagatiga hau kendoreire na irooto ciako
ngĩrĩĩkia karĩma ga gatatũ
ngakinya kĩruruinĩ kĩa mũkũyũ mũnene
ngakora mũtumia akĩendia meeru
nĩĩ no kũhũma na thigino gũĩtĩka

5

ngatirania maithikiri rũgirinĩ

— wĩ mwega maitũ?

— ĩĩ ndĩ mwega no anga wee

— o na niĩ ndĩ mwega

— kaĩ ũmũthĩ ukĩrĩ na meeru mathaka atĩa?

— maya? o na wĩ munyaka wakora mĩraaru ĩno

— ũramendia atĩa?

— nĩ ciringi ithatũ kĩhũba kĩa mana

ngagũra mana ngarĩa ngaigua wega

— nĩ wega maitũ, gĩtigwo na wega

— nawe thiĩ na wega mũriũ

ngĩringa rũĩ na ngĩambata karĩma

mĩnoga ĩkahaana ta yathira

tondu nĩ ndĩrona mũthia wa rũgendo

—Wakĩa cũcũ?

—Wakĩa baba?

— nĩ woka gũtũgeithia baba?

— ĩĩ nĩ ndoiga njũke kũmũgeithia

— andũ nĩ ega mũciĩ?

— matirĩ na ũru nĩ mamũgeithia!

— kĩnyue gacaai gaaka irio itanahĩa

ngaikarĩra gaturwa

ngatereta na cũcũ na guuka

makaahe kĩrĩra kĩingĩ kĩa bũrũri witũ

6

ngainũka na ngoro ĩ na thayũ na gĩkeno
kaĩ gwĩ cukuru ĩngĩ nene gũkĩra ĩyo?

▼

Ũtũũro wa Mũrĩmo

Ũtũũro wa mũrĩmo nĩ ũhoro ngwĩre!
o na ũrigicĩirio nĩ makiri ma andũ
mũndũ rĩngĩ aiguaga e wiki ng'a
mũndũ atũũraga e ta mũgendi
gũthaamathaama ta kaihũ
kĩbandĩ gĩtikoima mũhuko
njĩraini wĩroragĩrwo ta mbica
tũrĩgũ twanyona tũgakunyana ciande
atĩ ũirũ wakwa nĩ ũkũmahe mũnyaka
o na mutheeca itu hihi nĩ murũ
gũkũ Mehiko kũrĩ metĩkĩĩtie
atĩ karĩĩgu kangĩona mũndũ mũirũ
gakunye muraatawe —
nĩ gekuona mũnyaka mũthenya ũcio
amwe magatheka mehithahithĩĩte
itonga ikarũmarũmia tũbeti twa cio
atumia makagutha ciana ciao
kaana kamwe kanyonire gakiuga mbu!
thigari cikuonaga njĩrainĩ

7

cikona mũndũ wĩ na mahĩtia

gũkorwo wĩ mũirũ gwiki

nĩ gũtua watho!

amwe nĩ a gũkũnyira

makanga makahuuha ihũni

njangiri cia muumo cikaanĩrĩra:

— *nig•r•!*

wehũgura cikeng'aũrĩra na mĩtheko

atĩ ũcio nĩ mwago harĩ o

angĩ makũroraga na tha nyingĩ

atĩ makuona wee, mũndũ mũirũ

monaga ngombo kana mũndũ mũrume

makarigwo ũrĩa arĩ niĩ ndĩmaiguagĩra tha

nĩ kũrigwo kwao na werũ wao

makarigwo ũrĩa ngocaga ũirũ wakwa!

no hihi nĩ ũirũ witũ meriragĩria

mona matingĩũgĩa makaũmenereria

ta ĩrĩa yoigire matunda nĩ marũrũ

yaremwo kuhaica mũtĩ igũrũ ĩmatue!

nĩ kĩo mũndũ eririkanagia

o ta ũrĩa ingĩenda o nao mamenye atĩ:

ũirũ kana werũ ti ũrogi kana ũraika

o mũndũ nĩ egoce na gĩkonde gĩake

na ndakagerie kũgocora kĩa ũrĩa ũngĩ.

8

▼

Hiihi…?

Maitũ

o ta ũrĩa wandutire

nĩ njokagĩria Ngai ngatho

nĩ kũndongoria na kũngitĩra

na kũhe hinya na ũhoti mũnene

wa kuona na kũmenya maingĩ

nĩ ndĩhokete atĩ macio mothe

nĩ makandeithia ũtũũroinĩ ũyũ atũheire tũhũ

no rĩrĩa ndethikĩra nĩ ndĩyũragia nyingĩ

ciũria imwe ngecokeria

ndaikia maitho kabere ngona:

to gũkorwo hihi ngainũka ngore

mũtĩ twareranĩirwo naguo nĩ watemirwo?

Ngĩi na Ngunũ igĩciarana na igĩthĩnjwo?

mĩtitũ ya mĩtĩ yeheretio biũ

ĩgatuĩka ya mabebe na makorobea

tũhĩĩ tũgatuĩka ihĩĩ

ihĩĩ anake

anake athuuri?

riikainĩ rĩakwa ndingĩona mũhiki

ngakora itũũra rĩakirwo mĩciĩ ĩngĩ mĩingĩ

rĩkĩneneha, rĩkĩarama, rĩkĩongerera andũ

9

rũru rwa ciana itanyuĩrĩire caai rũgĩtũha nja

njiarwa cia maciara maingĩ

cia mohiki itanyuĩrĩire caai kana mũkio

— nĩ ndoiga thaai

amu ciana cigĩtheerema nja

nĩ kĩrathimo kũrĩ itũũra

ciana nĩ cio rũciũ rwitũ

Ngai mũgai arotũhe nyingĩ

no ningĩ nĩ njũĩ wega atĩ

tĩĩri nĩ wa imera na magetha

kwoguo no ngakora

Mũgai egetheire amwe

no ngakora mbĩrĩra itenjire

tiga ũhoro wanginyĩire

ndĩ gũkũ mũrĩmo

wa arĩa amwe metirwo

nĩ ũndũ wa mũtino

mũrimũ kana ũkũru

kĩeha gĩkanyitũkia ũ wega

ndaririkana ndiarĩ ho kũmoimagaria:

nũ ũkandĩhĩria mathiirĩ macio?

nũ ũkanjokeria ikeno ndatigire?

hihi ingĩarĩ kuo…

hihi…

10

hiihi…

hiihi kũngĩatuĩkire atĩa?

kĩeha gĩa kwĩrira korwo ndarĩ ho

gĩkanyitũkia o ũ wega

ndĩ nyoiki gũkũ kũraya na mũciĩ

Rũthiomi

Maitũ ũgĩthoma marũa maya

ndĩrakwandĩkĩra na Gĩgĩkũyũ

tondũ nĩ ruo rũthiomi rũrĩa wandutire

ti gũthũra ingĩ, ti gũthũra Kĩngeretha

Gĩthibanya, Kĩreno, Gĩcaina

Gĩturũkana, Gĩthwaĩri kana Kĩmĩĩrũ

— aaca

no mũndũ ainaga na gatirũ gake

rũrũ nĩ ruo rũthiomi wee naniĩ twaragia

ngũgĩkwandĩkĩra na rũthiomi rũngĩ nĩ kĩ?

ningĩ ndeto ici ndĩrakũhe

nĩ cia bata mũno harĩ niĩ

nĩ ngwenda ũcigue wega

nĩ getha o na ndĩ kũraya

ngũtarĩrie wega na rũthiomi rwitũ

Nĩ rũthiomi rũnjiyũragia gĩkeno ngoro

ingĩigua rũkĩario rũmatĩtio wega

11

o na njuĩrĩ yakwa nĩ yambũrũrũkaga

amu mũgambo wa Gĩgĩkũyũ

nĩ mũthaka na kũnyoroka

ingĩhota gũkĩhũthĩra wega

njokanĩririe rũrĩrĩ na ruo

athuuri moe tũturua

atumia macoke ndundu

ciana cimarigicĩirie wega

ndaigua wega mũno ngoroinĩ

Ũkaai o na inyuĩ anake na airĩtu!

na inyuĩ ihĩĩ tigai mũhahĩ wanyu

kindĩriai haha inyuothe

nĩ ngwenda o na aya angĩ othe

maigue ndeto iria ngũkũhe

nĩ guo ũmenyi tuongerere

meciria tũkũrie

tukĩurania ciũria kĩrĩrainĩ

maitũ kũngĩgatuĩka ũguo

ingĩgakena mũno makĩria

kuona rũthiomi rwitũ

rũgĩcokanĩrĩria rũrĩrĩ

amu gũtirĩ ũndũ ũkirĩte

ũrĩmĩri wa rũthiomi!

kũmenya thiomi ingĩ ti ũru

ũguo nĩ kuongerera ũgĩ
— thiomi igĩrĩ, nĩ ũgĩ maita meerĩ
ũru nĩ mũndũ gũte rwake
ateage inya ciake
akinyĩrĩte inyanya ciene
Mĩri ya rũthiomi rwitũ rwa Gĩgĩkũyũ
ĩrĩa yahandirwo nĩ ma agu na agu
nĩ ya gũtũra tene na tene ĩngĩramatwo wega
ta urĩa aramati a ruo kĩambĩrĩria
Gĩkũyũ na Mũmbi na airĩĩtu ao kenda mũiyũru
Ndemi na Mathaathi, Ndung'ũ na Mbũrũ
Maina na Mwangi: nĩ hĩndĩ ĩngĩ ya ituĩka
twahota atĩa gũkaana kana gwĩtunya igai ritũ
tũrĩre Kĩngerethainĩ, Kĩbaranjainĩ, Kĩrenoinĩ?

Kuuma ndoka rũraaya
nĩ guo menyaga ũma
wa maingĩ wananjĩĩra
makoniĩ rũthiomi rwitũ
gũtirĩ ũgĩ tũtangĩgĩa na rũthiomi rwitũ
no no mũhaka tũrwende na kũrũthioma
ta ũrĩa Waiyaki athamakaga naruo
kana Wa Kĩbirũ akĩguũrĩrĩa kĩrĩndĩ
andũ mathĩnjagĩra Ngai na Gĩgĩkũyũ na akamaigua

gũtirĩ gĩkĩriĩte rũthiomi mũkũrĩreinĩ wa andũ
o na hiũ, matimũ kana njirũngi
itiaiganĩte Kĩmaathi
atangĩarĩ njorua ya rũthiomi
amu hinya wa kiugo nĩ mũnene
rũthiomi to mĩrukĩ tu, aaca
rũthiomi nĩ ta mũgathĩ
ũgathanĩĩtie athiomi a ruo
ũkamahe rũrĩmĩ rũmwe
birothobĩ ĩmwe ya ũtũũro
njĩra ĩmwe ya kuona maũndũ
rũthiomi ruothe nĩ rũrĩ kĩhumo
nĩ rũkonainie na thiomi ingĩ
no nĩ kũrĩ ingĩ rũtarĩ rũrĩra na cio
rũthiomi nĩ rũkũraga ta eene
rũkongerereka na rũkagarũrũka
rũkagĩa ihu na rũgaciara ingĩ
no rũngĩaga gũtungatĩrwo no rũkue
hithitũria ya mĩaka ngiri na ngiri yũrĩre thĩ
na ruo rũrĩrĩ rũharagane
aaria a rũthiomi rũmwe nĩ a rũrĩra rũmwe
nĩ ruo ngoi ya mĩtugo na mĩikarĩre yao
nĩ ruo gĩcicio kĩa ũgĩ na umenyi wao
nĩ ruo ikũmbĩ rĩa ndĩĩra cia rũrĩrĩ

14

gũtiganĩria rũthiomi rwitũ

nĩ gũthikanĩria rũrĩrĩ

Rũthiomi nĩ mũro, rwi bata ta kĩ

ũtarĩ naruo ndangiona marĩĩgu

kwoguo ndakinya Mehiko gũcaria gĩthomo

ũndũ wakwa wa mbere kuo

warĩ kwĩruta rũthiomi rwa Gĩthibanya

tondũ nĩ ruo rwa eene kuo

gĩthirikaari, ũtetiinĩ, na gĩthomo

Gĩthibanya kĩarehirwo Mehiko

nĩ ngoronia Mũthibanya

akĩrũruta o kwao akĩrũhanda kwene

mĩaka magana matano mĩhĩtũku

rũgĩtheremio kĩahinya

rũkĩhandĩrĩrwo na mĩri mĩriku

nginya mũico wa uhoro

rũkĩũraga thiomi cia ndũire cia Mehiko

iria rĩu ciaragio nĩ andũ atare:

nĩ wakĩona o na ithuĩ harĩa tũroreete

tũngĩaga kwĩmenyerera…

▼

▼

15

Maitũ nĩ ndaigua nyoni cikĩgamba

ikĩnjĩĩra kĩroko ndĩ wĩra!

ngĩetha cia kũrĩha gĩthomo na nyũmba

reke njige karamu thĩ

nĩ ngakwandĩkĩra mangĩ rũciũ

Thaai!

Nyoni ciragambĩra mũtĩ igũrũ

16

▼

Kĩhumo no Kĩmwe

Ũtũũro wa mũrĩmo nĩ inooro

mũceera thĩ nĩ amenyaga

atĩ yo ti ya mũmwe

amu thiomi na mĩikarĩre

nĩ cio citigithanagia andũ

ti maniũrũ kana iromo

kana njuĩri kana gĩkonde

amu ithuothe kairũ na keerũ

twombirwo nĩ Ngai ũmwe

hatirĩ andũ makĩrĩĩte arĩa angĩ

no mĩtugo ĩturagwo nĩ rũrĩrĩ rwa andũ

makĩgiana na bũrũri ũrĩa magaĩirwo nĩ Mũgai

kũmwe kwĩ irĩma na ituamba

kũngĩ werũ mũtheri kana mĩtitũ

kũrĩa kũngĩ nyurinyuri wa ira na heho

gwitũ gwĩ tĩĩri mũnoru

kwĩ njũĩ, cianda na ituamba

o ta ũrĩa mwathomaga mũthomereinĩ:

…Ngai nĩ aheete Gĩkũyũ bũrũri mwega

ũtagaga maĩ kana irio kana gĩthaka

wega no Gĩkũyũ kĩgocage Ngai hingo ciothe

tondu anagĩtanahĩra mũno…

17

kĩreke andũ aitũ othe
magocage Ngai hingo ciothe
nĩ ũndũ wa kĩrĩa amatanahĩire na kĩo
no kwenda gwĩkumia na citũ
ti gũtũme tũmene arĩa angĩ
nĩ ũndũ mĩtugo yao nĩ ĩtiganĩite na itũ
Gwitũ mbembe nĩ irio njega
kũrĩ andũ angĩ mbembe nĩ cia mahĩu
harĩ ũkabi ng'ombe nĩ irio na ũtonga
no harĩ ũhĩndĩ ng'ombe nĩ ngai ti irio
gwitũ ira kĩrĩmainĩ nĩ nyaga
kũngĩ nĩ ndoro tiga ĩ njerũ cua
nyoka tũringaga kĩongo
tũkoraga ngai wa andũ angĩ
mĩhiano ĩkĩrĩ mĩingĩ:
atĩ mĩtugo ĩturagwo nĩ andũ
kũringana na mĩkũrĩre yao
amwe tũkahianania mĩtugo mũno
na angĩ tũgatigithũkana makĩria
niĩ maitũ njĩtĩkĩĩtie atĩ
tiga no mĩtugo gũtigana
andũ othe a thĩ ĩno
ngoro, tombo na meciria
hatarĩ kwĩyenda makĩria

kwĩmena kana kũmenana
thĩinĩ witũ ithuothe andũ
athũngũ, ahĩndĩ kana Macaina
tũrĩ kĩndũ kĩmwe
tũrĩ a Ngai ũmwe
kĩhumo no kĩmwe:
Abirika!
Maũndũ maya andũ matimoĩ
angĩ matiendaga kũmamenya
na arĩa mamoĩ makamahithĩrĩra
makĩenda tũcambanie na tũmenane!
kwenda mĩtugo itũ nĩ wega
no ti wega wendo ũcio ũtũhumbe maitho
atĩ rĩrĩa twamahumbũria
tũkona mĩtugo ya andũ arĩa angĩ ĩ mĩũru
tũkarega kuona gĩtumi kana kĩhumo
kĩa mĩikarĩre ya ndũrĩrĩ icio ingĩ:
mũndũ mũhoya kĩrĩma rĩ
angĩcambia mũhoya rũĩ atĩa?
gũtirĩ andũ ega kũrĩ arĩa angĩ
nĩ kĩo ndoraga ngona wega
Kenya ĩno iitũ andũ maiguithanie
tũnyitanĩre mawega na mathĩĩna
tweheranĩrie ũtiganu wa mĩikarĩre

19

ũiguano tũ'ũhũre maita na ũiguano

kuuma Taita nginya Turũkana

Gĩthumo nginya Mambatha

tũikare thĩ hamwe

tũthiũrũkĩrie riko rĩmwe

tũrĩe ngima na ngimo

gĩtheri na mũceere

nyama na thamaki

iriiya na thakame

ci cia mbũri kana cia ngamĩĩra

nĩ tũiguei ng'ano cia Nandĩ

na kĩrĩra kĩa Oloiboni wa Ũkabi

tuganĩrwo ng'ano cia ng'endo cia Thwaĩri

twĩrorere ũicũhia wa Ikamba

na tũine nyĩmbo cia Ngiriama

macio mothe twagĩrĩirwo nĩ kũmamenya

tũnine ũiru na rũmena

tũtemanie ũyũ mũgogo

meciria matige kũhoca

amu ũyũ ti wa mũndũ ũmwe

kana kabira ĩmwe

nĩ witũ ithuothe

kamũingĩ koyanagĩra ndĩrĩ

▼

Marimū

Gūkū mūrīmo nī kūrī andū aingī
arīa ingīhanania na marimū
mamwe nī ma gūkūrīa mūtwe
mangī magakūhohia ngoro
magagūcokia mītegoinī twetegūrire
mūndū nī egūgūkūrīra ritho agakūria:
—atī kwanyu Abirika mūtūraga mītī igūrū?
—atī wehumbire nguo wacuka ndege gūkū?!
—atī nī mūrīaga andū Abirika?
moigaga na magakwīra maithoinī
atī nī o makūī gūgūkīra
ūmarekere ūtongoria wa thī
atī tondū nī o mekīīte magegania
o na gūkīra marīa ma Mutha:
ndege akīrī o maturire!
o na thimū, ngurumeeti na mambomu!
kaī kwa mweri akīrī a mathiaga!
o na kwa Ngai matigagīkinya mbere itū!
nao amwe aitū arīa makīgagio nī gīthomo
arīa matarī mathoma ciugo cia mabuku ta:

How Europe Underdeveloped Africa
Decolonising the Mind
Discourse on colonialism

Black Skins White Masks
They Came Before Columbus
Africa Must Unite
Not Yet Uhuru…

magacangayio nĩ ng'ano cia maheeni

makameria ng'ano ta iria cia marimũ

marĩa tene manyaririre mũciairĩ

mũthuriwe mũturi arĩ ũturi

magagĩtĩkĩra kũhumbwo maitho nĩ makũro

mageciria atĩ makũro nĩ mo rũkũri

magakena nĩ kũganwo nĩ ũmenyi wao

na hĩndĩ ĩyo nĩ rĩrĩa marethahia

na kũmenereria ciĩko twaneka

ũhotani twanahota

mathekanagie na thũ cia nyakairũ

makĩaragia cia ũrimũ witũ

metĩkanagie na ũtaũri wa marimũ

na rĩrĩa gwitũ kwagĩa thĩna

magakaya moete mũgambo wa marimũ:

nĩ muona! roraai!

onei ũrimũ na ũgiĩki wa nyakairũ:

tũtigatura ndege

tũtigathiĩ kwa mweri

tũtikahota kwĩyatha

22

Abirika no mbaara na ũkabira
tũgũtũra tũhoyaga gĩa kũrĩa na kũnyua
tiga nĩ ũtaana wa mũrĩmo wa Ithũĩrorĩ
tũngĩrĩ ha ithuĩ andũ airũ?
hau marimũ magatheka na kanua ka ngata
tondũ nĩ moĩ kĩrĩa matahaga gwitũ
thahabu iria manenja, andũ manakuua
kahũa, mahũa, matunda, macaani
mainũkagie gwaka kwao na citũ
Ngai witũ akainamia maitho nĩ gũconoka
nĩ ũndũ wa aya aitũ macenjanirie nĩmĩ
makĩoya rũrĩmĩ rwa gathuku!

Comba
Rĩrĩa ngũkũhe cia marimũ ma mũrĩmo
ndĩraria cia andũ eene kana maikaraga
mabũrũrĩ meĩtaga ma Ithũĩro:
Kwangeretha
Kwanjeremaani
Kwabaranja
Kwamatariani
Kwareno
Gwathibanya
Amerika na Kanada

23

— ndĩraaria cia nyakeerũ
mũcomba mwerũ gĩkonde
rĩmwe wa maitho ma bururu
kana njuĩrĩ ndune ndaihu
ũcio nĩwe mwathani gũkũ
na mabũrũrũini maingĩ ma thĩ
thiomi ciake nĩ cio ciaragio
nguo ciake nĩ cio twĩhumbaga
ũgĩ wake nĩguo ũtuĩkaga atĩ nĩ guo ũgĩ
ndũrĩrĩ nyingĩ cihoyaga Ngai wake
tũkoya meciria make biũ
nginya atwĩrage ũthaka nĩ kĩĩ
gũikaraga wega nĩ kĩĩ
kũrĩa wega nĩ atĩa
gũkena nĩ atĩa gũkenagwo
andũ aingĩ mũno aitũ
twĩtĩkagia ciugo ciake ciothe
hatarĩ kwĩyũria ciũria ta ici:
nĩ kĩĩ kĩamũheire hinya ũcio wothe
wa gũthiomagĩra thĩ yothe
na nĩ itũ ithuothe?

Kuuma rĩrĩa comba wokire Abirika
kĩrĩĩkanĩro gũoko kũmwe

24

kũrĩa kũngĩ mũcinga na nyahunyũ
macokire gũtũtharĩkĩra kĩa hinya
matwathe na marĩĩre tĩĩri witũ
na ithuĩ tũkĩoya matimũ na ngo
mbaara Abirika guothe ĩgĩtuthũka
no mĩcinga ĩkĩhota matimũ na ngo
tĩĩri mũingĩ makĩoya kĩa hinya
makĩng'ea mĩtĩ na nyamũ nyingĩ
(njiguaga mambire gũtara mĩtĩ yothe)
tĩĩri witũ makĩhũra ndawa
njũĩ na maria gũgĩitwo ciũngũyũ
ndawa magatũrehera tũgũre
cia mĩrimũ o ĩrĩa arĩ o matukundirie!
rĩu maratwĩra tuongerere ciama cia ũteti
o rĩrĩa arĩ o mabanjũrire ciama o icio
iria citũ ciathamakaga bũrũri tene
na makĩhinga na kũgiria ituĩka
nĩ ndĩĩyũragia ciũria nyingĩ
cikonainie na ũyũ mũthũngũ:
hihi kaĩ e hinya mũingĩ atia?
kana nĩ wara ta wa rwĩgĩ
amu mũingĩ woyanĩra ndĩrĩ
ũcokaga gũtungumana o hamwe
mũthũngũ agatigwo agĩtheka

rĩrĩa ndungata ciake na marimũ

ciaruta wĩra mwega ta ũcio

wa kũrigica tombo wa Mũabirika

Mũthũngũ nĩ atũirie magigi

harĩ ũrĩa ũtarĩ gĩkonde kĩerũ

na makĩria ithuĩ andũ airũ

kuuma o hĩndĩ ya ũkombo nginya rĩu

ndarĩ atigĩthĩria gũtũthaahia

ũmũthĩ ũyũ mũciare nĩ mũthũngũ

angĩkorwo atatĩirwo nĩ gataata kamwe tu

ga thakame ya mũndũ mũirũ

andũ aao nĩ mamũregaga

atĩ ti mũthũngũ ta o!

nĩ ndĩĩciragia harĩ gĩtumi

kĩnene hihi gũkĩra magigi moiki

nyonaga ta arĩ guoya akoragwo na guo

amu gĩtonga handũ thĩ yarũma

nĩ gĩtigĩrĩĩte mũthĩĩni mũno

tondũ nĩ agĩtheecaga ngoro

ningĩ gĩtonga nĩ kĩũĩ atĩ

gĩkeno kana wĩyathi itigũragwo mbia

ningĩ mũici nĩ thikũ mĩrongo!

gĩtonga nĩ gĩtigĩrĩĩte mũthĩĩni

nĩ kũmenya atĩ thĩĩna ũrĩ marũrũ

26

gĩtonga nĩ kĩmakaga mũno

na makĩria gĩkahithĩrĩra ũhoro wa ma

geetha gũtikanamenyeke rĩ kana rĩ

kĩhumo kĩa ũtonga ũcio wakĩo

kana itũmi iria cia ma biũ

cia gũtũhingũra maitho

tuone kĩrĩa gĩatũrĩire

kana kũrĩa twathikĩirwo thigira

hoyaga tũkahota kũmenya

ũrĩa wothe athũngũ moĩ

geetha tũhote kuona

kĩrĩa gĩothe monaga:

nĩkĩo ndindaga mabukuinĩ!

Maitũ rĩu oya gaturwa

Tũngania mwaki wega

na ũigĩrĩre gatubia riko

iga mĩnoga yothe thĩ

na uge ciana ciũke

o na andũ agima

na ti kĩama ngũmwĩta

nĩ mũke mũigue rũgano

na ndeto cia ũyũ mũrĩmo

nĩguo mũigue na muone

27

ũrĩa niĩ ndaiguire na ngĩona

kũrĩa guothe ndanathiĩ

rekei nduĩke kanua kanyu

matũ na maitho manyu

ng'endoinĩ ici ciakwa

Mehiko

Bũrũri ũyu ndũire witagwo Mehiko

andũ a kuo metagwa Ameehiko

rũthiomi rũrĩa maaragia mũno nĩ Gĩthibanya

no nĩ kũrĩ ingĩ nyingĩ ciaragio kuo

Gĩthibanya nĩ ta Gĩthweri gwitũ

rũthiomi rwakũnyitithania bũrũri

Mehiko nĩ bũrũri mũnene

ta Kenya itũ maita mana

nĩ bũrũri wĩ ũthaka na ũtonga

mũhuro wa Ameerika ya Rũgũrũ kana USA

ĩrĩa yamatunyire hakuhĩ nuthu ya bũrũri

ameehiko nĩ andũ a rika ritũ

ithuĩ, ndũrĩrĩ cia Abirika

kwao maikaranagia o ta ithuĩ tene

makabira maingĩ mwanya mwanya

andũ metagwo Atlaskala, Ayasteka

Atotonako, Ataraumara, Amicika

28

Amisteka, na angĩ aingĩ mũno.

 Gũtirĩ ũndũ njogu maitũ
rĩmwe nĩ wokire na ũkĩyonera
ngĩgũceeria taũni yetagwo Halapa
mũcũrĩinĩ wa iria rĩa Aturatĩki
nĩ ndagũtwarire miciamu ya kuo ũkĩona
mũromoinĩ wayo ũgtũngwo
mwacũhio wa kĩongo
kĩa ihiga rĩigana ikũmbĩ
nĩ gĩa tani ithano ũritũ wakĩo

Kĩongo kĩa Olmeka, Miciamu ya Xalapa

Gĩacũhĩĩtio ũthiũ ũtangĩriga
o na hang'i na ngaro cia ũthiũ

maitho make makŭrororete

ta marakwîra ŭgerie kŭmŭkaana

kana ŭkarararie atĩ ti ŭmwe witŭ

Nĩ handĩke karŭbaŭinĩ hau

ciugo nini mata, ibungo igĩrĩ:

> "kĩongo gĩkĩ ŭkuona
> gĩacimbŭririo gŭkŭ gwitŭ La Venta
> ijimboinĩ rĩa Tabasco, mwakainĩ wa 1946
> nginya harĩa ithuĩ tŭĩ
> gĩacŭhirio tene mŭno
> mĩakainĩ ya 900-1000
> (mĩaka 1000 Yesu atanaciarwo)
>
> Gĩcagiinĩ kĩa Ile Ife, bŭrŭri wa Nainjŭria
> mŭtugo wa ene kuo nĩ gwacŭhia ciongo ta ici
> cia athamaki ao, kana njamba ciao
> nĩguo citikanariganĩre.
> kŭrĩa gŭkŭ kĩonirwo
> andŭ a kuo a tene metagwo Olmeka"

Ndŭmĩrĩri ĩyo nĩ theru ma

ya arĩa metĩkĩtie ta niĩ

atĩ no gŭkorwo Olmeka acio a tene ŭguo

moimĩĩte Abirika magakinya Mehiko

na hihi magathamaka kuo

kana makaruta ene kuo mĩtugo ya Abirika.

Gŭtuĩkaga atĩ tene tŭtanahurunjwo

ŭgĩ Abirika twarĩ naguo mŭingĩ

wa gwaka, kŭrĩma, gŭtura

wa gŭtherera na meeri iriyainĩ

30

mĩakainĩ iyo ngiri mĩhĩtũku

njĩrainĩ na ndunyũinĩ cia Mehiko

nĩ ũngiakorire agendi na onjoria

magĩthogorana na ene Mehiko

marehete indo cia ũturi

nao maiyĩrĩĩte mahiga ma goro

njoya cia nyaga na mbakĩ

nao magatiga nguo, itaama

tũhiũ na bangiri cia magemio

andũ acio metagwo "Ageni Ogĩ"

macomokaga mũcũrĩinĩ wa iriya

magaikara kĩmera na kĩngĩ

aingĩ magacoka kwao

marĩkia mbiacara ciao

amwe makoya aka a kuo

magaikara kũu kwene

magatuĩka a kuo

rũthiomi makoya rwene kuo

Andũ acio ũkũigua

moimaga Abirika ya Ithũĩro

o hĩndĩ ĩyo Abirika ya Itherereo

Athwaĩri (Waswahili)

Ũhĩndĩ, Aarabu na Caina

nĩ mathereraga na matarũ

31

matarĩ injini tiga huuho
na njũĩ cikoragwo iriyainĩ
— Maitũ, ndũkanaheenio nĩ mũndũ
atĩ Athũngũ nĩ o a mbere
gũceera mabũrũri ma kũnene!
Ũhoro mũingĩ witũ wa hithitũria
ũkaanagwo nginya nĩ ithuĩ eene
tũkoiga atĩ nĩ maheeni macio
amu ngũkũ ya ũkoronia
ĩtũraga ĩkũgaga tomboinĩ witũ
no ũngĩthikĩrĩria ngoro yaku
wĩthomere na wĩyonere
nĩ ũgwĩtĩkia ta niĩ atĩ
rĩrĩa ngũkinyũkia ndũnyũ cia Mehiko
njiguaga ngĩrũmĩrĩrwo nĩ ngoma
cia agendi acio a tene
arĩa mokaga kuuma Abirika
mĩaka magana mbere ya Columbus
ũrĩa twĩragwo atĩ nĩ we njorua ya ng'endo!
Ndeto ĩno ya hithitũria itũ ndingĩnina
nĩ kabica kanini ndakũhũrĩra
wone ũrĩa nyonaga kwarĩ tene
na itũmi cia gũkorwo gũikaire ũrĩa kũrĩ ũmũthĩ
Olmeka nĩ mokire magĩthira

32

no kĩrĩa kĩamaninire kana gĩkĩmarĩa
kana kũrĩa mathamĩire
gũtirĩ mũndũ ũĩ nginya rĩu
hihi mameririo nĩ thĩ
ta Gumba na Maitho Ana…

Azteka

Thĩinĩ wa ndũrĩrĩ nene cia Mehiko cia tene
kwarĩ rũmwe rũnene rwathanaga
rwetagwo rũrĩrĩ rwa Azteka
makĩĩte mĩciĩ mĩnene mĩingĩ
o ta ya Zimbabwe, Misiri, Songai
Aksum kana Timbuktu
Gĩturwa kĩa ũnene wa Azteka
kĩarĩ mũciĩ mũnene wa Tenochitlán
o ũrĩa wetagwo 'Gĩtuamba kĩa Anahuak'
— na rĩu ũmũthĩ — *Mexico City*
Anahuak arĩ ngai ũmwe wao mũnene
Azteka mahoyaga ngai nyingĩ:
kanyũtũ nĩ ũndũ wa ũcamba wako
nyamũ ya thĩ yarĩ ngai wa iriũko
nĩ ũndũ wa kũhota kwĩyũnũra gĩkonde
na gũkũria kĩngĩ
riũa rĩarĩ rĩa kũgocwo

33

tondũ rĩtihoraga rĩ kana rĩ

mũndũ mũgo wao wetagwo *'papa'*

athĩnjagĩra ngai icio kaingĩ

rĩmwe cigategerwo

ngoro ĩkũrĩtwo mũndũ wĩ muoyo!

ũgĩ marĩ naguo mũingĩ

mũciĩ wa Mehiko guo mwene

wakĩtwo igũrũ rĩa maĩ

igũrũ rĩa rũriĩ rũnene mũno

nyũmba nene cigakwo

nyũmba cia ngoroba

cia thahabu na mahiga ma goro

biramindi ta cia Misiri

Tenochitlán (Mexico City) mwakainĩ wa 1520

njĩra ciao ciarĩ cia mĩtaro
yageragwo igũrũ na matarũ
irio mahandaga na makagetha:
mbembe na mboco nĩ cio cia mbere
ndomoko, ngorobea, marigũ, ngwacĩ
kware cia thiriba na thahabu ciarĩ kuo
no ciarĩ cia magemio, ti mbia
na citiarehaga thahu ta rĩu
korwo andũ acio nĩ mamenyaga
ũrĩa icio thahabu na thiriba
cikareehe rũmena thĩ ĩno
mangiacienjete ciothe
na macikie iriyainĩ
cimeherere.
Mũthũngũ mũthibanya atanakinya kuo
Azteka nĩ o mathanaga kuo
gĩcunjĩ kĩnene kĩa bũrũri
nĩ mahoteete ndũrĩrĩ ingĩ nyingĩ
magacitua nginya ngombo
makarĩaga ngoro ciao rĩmwe
no ti ũndũ wa ng'aragu
nĩ mamonie hinya wao
gũtikĩrĩ kwagĩa ahahami eega
Wa Kĩbirũ wao nĩ arathire

35

atĩ ngai ciao imwe ciorĩte tene

nĩ cĩgacoka ci njerũ gĩkonde

ciumĩte na itherero, mũcũrĩinĩ wa iriya

mũthenya nĩ wagĩkinyire, mwakainĩ wa 1521

ndũmĩrĩre igĩkinyĩra mũthamaki wetagwo Moktezuma

atĩ nĩ kuonekana andũ eerũ mũno gĩkonde

araihũ mũno na mena nderu ndune ndaihu

Azteka magĩturia ndu, magĩtua ngai ciao nĩ ciagĩcoka

o na mena ngunyĩrĩrĩ kũigua atĩ oki acio

marĩ na hiũ ndaihu na mĩtũrirũ ya ndogo

marĩ igũrũ wa nyamũ nene kũrĩ ng'ombe kana ndigiri

Moktezuma anyita ndũmĩrĩri ĩyo ũguo

agĩĩtana kĩama kĩa andũ ogĩ

ago, arathi na aragũri

na atongoria a icagi ciothe

magĩikara thĩ magĩtua cira

kũringana na ũgĩ na mĩtugo yao

Moktezuma agĩthagathaga ndungata

agĩcigĩrĩra thahabu, thiriba

na njoya thaka cia nyoni ĩtagwo *Quetzal*

makĩrwo matuge rũgendo

mathiĩ magatũnge ageni acio

matware ndũmĩrĩri ya gĩtĩyo

ndungata cikioya njĩra

36

nake mũthamaki agĩtũmana iruga

etererire ageni acio eerũ

Quetzalcoatl

Kũrigwo nĩ kũru no ti gũkĩĩga

mũtino naguo ndũrĩ njamba

kana hihi ngai wao agĩcũnga

ahũnĩĩtio nĩ gũthĩnjĩrwo na gũtegerwo

kana no we na mageria make

itũmi icio tũtingĩmenya wega

na rĩu ona citirĩ bata kũmenya

mbura njitĩku ndĩngĩũnganio

mũthamaki wa Azteka ndakĩũĩ

atĩ kaba angĩatugĩĩte marimũ

kana caitaani we mwene

gũkĩra nyakeerũ acio

amu to nderu ciao ciarĩ ndune

37

o na ngoro ciao ciarĩ ndune ta thakame

nĩ ũkoroku wa thiriba na thahabu.

Mũtongoria wa Athibanya acio

etagwo Hernando Cortes

atũmĩtwo nĩ mũthamaki wao

mũtumia wetagwo Isabela

Cortes na arũme njamba 240

mambĩte gũkinya icigĩrĩrainĩ

cia Cuba na Santo Domingo

marũmĩrĩire njĩra ya Columbus

mathiaga kũu matoĩ kĩrĩa megũkora

amwe marutĩtwo korokoroinĩ

angĩ marĩ a gũthaamio

magatũmwo magatahe indo kwene

— kana matigacoke kwao

mongerere ũtonga na ngumo

Thibanya ĩkĩre Ngeretha

Baranja kana Areno

Columbus na arũmĩrĩri ake

meciririe makinya kwa Ũhĩndĩ

kwoguo magĩta andũ a Mehiko *Indians*

nginya mũthenya ũyũ gũtirĩ kwagarũrwo

amu athungũ kaingĩ o na mangĩhĩtia ũndũ

matiĩtĩkĩraga mahĩtia ta macio

38

kaba mahũgũre ũma
meheenie na maheenanie
no kĩo matangĩtĩkĩra
atĩ maingĩ nĩ ĩthuĩ tũmarutĩte
nĩguo matwĩrage hindĩ ciothe
atĩ gũtirĩ ũndũ tũngĩhotera
— nĩ maheeni!
Columbus twĩragwo atĩ
arĩ mũndũ mũgĩ mũno
na nĩ ekire wega mũno
kũrehe ũtheri Amerika
tũngĩtũra twĩtĩkĩtie ũguo
ithuĩ na njiarwa citũ
tũngĩtũra ndumainĩ:
wa mbere Columbus
arutirwo ũgĩ wa iriya na njata
ũrĩa wamũhotithirie gũthiĩ kuo
nĩ ategi a thamaki a Abirika
a ndũrĩrĩ cia Ithũĩro
mabuku ma Columbus
moigĩte wega ũguo wothe
no nĩ mahithirwo
kuuma rĩrĩa akinyire Amerika
nduma nene nĩ yatukire

39

ũkombo na ũngoronia ũkĩgĩa

ũgĩtongia Rũraaya mũno

nĩ kĩo hihi mamũgocaga ũguo.

Hernando Cortes nĩ andĩkire:

"Twarĩkia gũcuka meeri
twahũtĩte na tũkanoga mũno
no tũgĩcangaiyo nĩ bũrũri ũyũ
nĩ kũrura na gũthakara
tũkĩrutĩra ngai witũ igongona
tũkĩmũria atũgitĩre
tũtikone thĩĩna
no tuone kĩrĩa gĩatũrehete kuo
tuonere mũthamaki witũ ũtonga
na tũtheremie kĩrĩra kĩa ndini itũ"
Hernando nĩ ma arĩ njamba

ya mbaara, na ya gũcira

nĩ oĩ mũno kũhũngana mahũri

wara na kanua ngogoyo

arĩĩkia kũhota kabira

akamaikaragia thĩ

akameera matume ndũgũ

akamatua a ndini ya Gatoreki

akamunya mĩhianano

akahanda mũtharaba

na arĩkia kũmabatithia

akagaĩra thigari ciake aka

we mwene egaĩire mwarĩ wa cibũ *Cacique*

akĩmũruta kwaria Gĩthibanya

40

agĩtuĩka mũtaũri wake

mũtumia ũcio etagwo Malinche

na rĩu ũmũthĩ mwendia bũrũri

kana mwenda kwene mũno

etagwo na kĩnyũrũri 'Malinche!'

Hernando Cortes

Azteka arĩa matũmĩtwo gũtũnga ageni

matongoretio nĩ njamba Kuitalhuak

mũrũ wa nyina na Moktezuma

macemanĩirie Veracruz

hakuhĩ na iriya rĩa Aturatiki

rũthiomi matiagĩkundanagia

mĩoroto yao erĩ yarĩ mĩtiganu

Kuitlahuak monaga ageni

Cortes monaga tũnyamũ

Kuitlahuak akĩona ũguo ihenya

41

Agĩcokeria Moketzuma ndũmĩrĩri
— andũ aya ti ama, nĩmaingatwo!
Moktezuma agĩkararia
akiuga marekwo matonye bũrũri
Gĩkũyũ kĩoigire wega atĩ
mũkũrũ nĩ ataaragwo
nĩ kũrumwo atarumagwo
Moketezuma endaga atĩ
macemanĩrie nja ya mũciĩ mũnene
hĩndĩ ĩyo Cortes e njĩra
akĩũnganagia mbũtũ
cia makabira thũ cia Azteka
magĩkinya mũciĩ wa Mehiko
gĩturwa kĩa bũrũri wothe
magĩtũngwo nĩ mũthamaki
akĩmaceeria kũu guothe
no hĩndĩ ĩyo maratugwo
Cortes na thigari ciake
no kũhũngana mahũri
makĩgega rĩrĩa monire
nyũmba njake na thahabu
thiriba na mahiga ma goro
magĩtuĩria mbirarũ cia Azteka
matharaita mao na thigari ciao

42

Cortes akĩona o na rua
atĩ mũthamaki wa Azteka
nĩwe warĩ gĩtugĩ kĩa bũrũri
mangĩmũnyita mamuohe
no mahote Azteka
Ũtukũ ũmwe me iruga
nyũmba nene ya mahoya
yetagwo Huei Teokali
Cortes na thigari ciake
makĩnyita mũthamaki
na kĩama gĩake gĩothe
ago na aruti a magongona
kĩmako gĩkĩgia bũrũri wothe
kũigua atĩ ageni maratugwo
rĩu nĩ magarũra thirikaari!
mũingĩ nĩ nĩ wamakire mũno
makĩng'athĩria athũngũ acio
makĩrega kũmahe irio na maaĩ
makĩhinga ndũnyũ ciothe
njamba cikĩoya matharaita
no magĩtithia, nĩ kwaga mũtongoria
ningĩ athũngũ marĩ na mĩcinga
mbaruuti, mbarathi na ing'aurũ
athũngũ mehingĩire kwa mũthamaki

43

makĩhũta na makĩaga maĩ ma kũnyua

makĩona marekie ũmwe wa atekwa

athiĩ akamathaitĩre: makĩrekia Kuitlahuak

andũ magĩkena mũno

makĩmũthuura hau hau

atuĩke mũtongoria wao wa mbaara

Kuitalhuak ndacokire na thuutha

agĩtũmana bũrũri wothe

njamba cia ita ciũke cimateithie

ndũrĩrĩ imwe cikĩrega

ciugage nĩ kaba mũthũngũ

Kuitlahuak o ta Kĩmaathi

agĩtigwo na arũmĩrĩri ake

marũe oiki kũingata thũ ĩno ng'eni

Cortes mehingĩrĩirie kwa mũthamaki

makĩmaka mũno mona mbara nĩ njũku

makĩũraga Moktezuma na andũ ake othe

makĩharĩria kũra ũrĩa mangĩhota

makĩoha thahabu na thiriba

makĩgeria gwĩcembia

no makĩonwo, mbu ĩkiugwo

mbaara igĩtuthũka

kwarĩ mweri 30.6.1520

Rĩrĩa ningĩ kwamenyekire

44

atĩ Moktezuma nĩ mũrage
marakara ma mũingĩ makĩingĩha
nderu nduune cikĩonio nganga mbute
ndungata cia cikĩmenderwo
mbarathi ciao cikĩng'eywo
mbaruuti cigĩikio maĩinĩ
thigari cikuage o maĩinĩ macio
ciũmĩte na kũritũhĩrwo nĩ thahabu
mbaara yarũirwo kiumia kĩgima
thigari 150 cia Cortes cigĩthira
mbarathi mĩrongo ĩna na ĩtaano
ngaati ngiri igĩrĩ cia kabira ya Atlaskala
mũciĩ wa Mehiko ndwahonokire
ũkĩhĩa na ndaraca cikĩambũranio
Mweri 8.7.1520
Cortes aikaire gĩtinainĩ kĩa mũtĩ
akĩhuuha ironda agĩtaraga hathara
akĩandĩka ibukuinĩ rĩake ũrĩa monirio
nuthu ya andũ ake nĩ anine
mbarathi ciake hakuhĩ ciothe —
akĩrĩra mũno aririkana ũtonga
ũrĩa wothe matigire na thuutha
agĩtua mũthenya ũcio "Ũtũkũ wa Kĩeha"
nao Azteka na Amehiko ũmũthĩ

45

mawĩtaga "Mũthenya wa Gũtoria"
kĩeha kana gĩkeno
mwene nĩwe ũkĩũĩ!
Mũthia wa ũhoro nĩ atĩ
athũngũ acio matianogire
nĩ macokire kũhota Azteka
na ndũrĩrĩ ingĩ ciothe nini
Mehiko na Amerika ya muhuro
Ĩgĩtuĩka na Mathibanya
makĩambĩrĩria kũrehe ngombo cia Abirika
atĩ ithuĩ tene tuokaga gũkũ na meeri
tũkareehe mbiacara na thayũ
o ithuĩ twakaga Misiri na Aksum
o ithuĩ twathiaga Caina na Ũhĩndĩ
o ithuĩ twonirie Columbus njĩra
ithuĩ, ithuĩ njiarwa cia Abirika
twacokire kũrehwo na mĩnyororo
kũhotwo kwa Amehiko
gwacokire gũciara kũhotwo gwitũ:
nĩ wona ũrĩa hithitũria ĩnyitanĩte?

Kwĩyonera nĩ kwega kũrĩ kwĩrwo
Mũthenya nĩwakinyire

46

rĩrĩa ndahotire gũceera

mĩena ĩngĩ ya bũrũri ũyũ

(Mehiko ĩigana Kenya maita mana)

nĩ ndaceerire majimbo merĩ ma mwanya:

Guerrero (rĩtamũkagwo: "Ngerero") na Veracruz

(kwĩ Majimbo mĩrongo ĩtatũ na kĩmwe)

kũu nĩ kuo ndagĩkorire ũhoro mwerũ

ngĩkora kũndũ kwarĩ andũ aingĩ mũno airũ

na ti kũirio nĩ riũwa — aaca!

(o na gũtuika ũmwe nĩ ageragia kũnjiguithia

tondũ aingĩ ao ona matiũĩ kĩrĩa kĩmairĩtie ngothi)

Icagi cia andũ airũ a **Mehiko**

Nĩ tondũ kĩhumo kĩao nĩ Abirika

aya nĩ gakundi kamwe tu

ka mamirioni ma andũ airũ

47

aria marehirwo ũkomboinĩ
kũrĩa guothe comba wathamĩire:
Amerika ya Rũgũrũ (USA, Canada na Mehiko)
Amerika ya Gathigathini (Brazil nginya Colombia)
Amerika ya Gatagatĩ (Panama nginya Belize)
na icigĩrĩra cia Karibe (Jamaica, Cuba, Trinidad, na ingĩ)
andũ mirioni mĩrongo ĩrĩ a Abirika
makĩrehwo moheetwo na mĩnyororo
meriinĩ mabangĩtwo ta mbembe ikũmbĩ
andũ a Ghana, Nainjĩria, Angola, Kongo....
na kũngĩ kũingĩ andũ makĩhuka
Abirika ĩkĩambĩrĩria gũthĩĩna
Mbere ĩyo niĩ ndiamenyete
atĩ Mehiko nĩ kũrĩ andũ ta acio
tondũ mationagwo ngathĩtiinĩ
terebiconiinĩ kana ũtetiinĩ
no rĩu ngĩambĩrĩria kuona
o ũrĩa twatonyaga icagiinĩ na irĩmainĩ
no guo andũ acio airũ maingĩhaga
kũndũ gũtarĩ bara njega kana maendereo
ta marĩa ndamenyerete kuona
kaapito-inĩ ya bũrũri wa Mehiko
ũyũ warĩ ũhoro mwerũ harĩ niĩ:
ndagĩtũrĩte mĩaka ĩtatũ bũrũri ũcio

48

itarĩ ndona na maitho maya makwa
mũmehiko mũirũ o na ũmwe!
andũ aya o na waigua nĩ airũ
nĩ airũ na njira ya mwanya mũno
nĩ matukanangĩte na ndũrĩrĩ cia Mehiko
ta'a Mixteco, Nahua kana Amuzgo
nao angĩ anini magatukana na comba wa Gwathibanya
ĩndĩ mbegũ ya mũndũ mũirũ ndĩrigaga
kana nĩ gikonde, njuĩrĩ, mwarĩrie, mĩtugo na mĩikarĩre
Andũ a Abirika Arĩa Me Nja
metagwo na Kĩngeretha, *The African Diaspora*
na nĩ matũirie maũndũ maingĩ
marĩa moimanĩte na kĩhumoinĩ kĩao, Abirika
kana nĩ atukanu ta aya a Mehiko
kana ti atukanu mũno thakame
ta'a Jamaika kana Haiti
ũabirika wao nĩ mbegũ ĩtathiraga
ũngĩkĩona atumia a Guerrero
makuĩĩte maĩ na kĩongo ta atumia Anjaruo
kana wone turĩĩgũ tũkĩrũga na mũkanda
kana tũkĩndĩtwo njuĩrĩ mĩhari
ũngĩona nyũmba ciao cia rĩũmba
cia gĩthiũrũrĩ na mũtheece
kana ũrugĩrwo marigũ na waru

49

ũngĩigua mĩtheko ya andũ acio
wone makĩina kana makirebeta
ndũngĩmakaana uuge ti aitũ!
ũrĩa ũkaanaga mawoni maya
nĩ mũndũ ũtoĩ Abirika na andũ a kuo
kwoguo ndangĩhota kũringithania
one ma ya ũhoro ũyũ
ta ũrĩa niĩ ndeyoneire

Veracruz
Ndanaceera kũndũ kũingĩ Mehiko
ta matũrainĩ ma ijimbo rĩa Veracruz
kũrĩa thetera cia kuuma Gwathibanya
ciakinyire gũtunyana mĩgũnda na ũtongoria
cikĩreehe igwa na ngombo kuuma Abirika
o hamwe na mĩrimu mĩeru ta mũtũng'ũ
gatego, ndigana na kĩhuti kĩa Dengue
icagi cia kuo no cikũhe ũhoro ũcio
thiithi cia andu a kuo o na cio warora
ũirũ wa gĩkonde ndũrĩ wathira
thutha wa mĩaka magana mana
o gĩcagi ndakoraga maũndũ makuo
no reke Maitũ ngũhe wa ici igĩrĩ:
Matamba na Koyoliyo

50

icagi cirĩ hakuhĩ na Yanga
kũrĩa ndagũceeririe rĩmwe
na ũkĩyonera na maitho maku
mwakainĩ wa 1993
Ndoire mbaathi o ĩrĩa tuire
kuuma mũciĩ wa Veracruz
karũgendo ga ta ithaa rĩmwe
tũgĩkinya gataũni getagwo Hamapa
andũ magĩcuka hau no niĩ ndioimire
mbaathi ĩgikũra tukĩoya bara ya tĩĩri
(ta ĩrĩa itu ya Kĩraĩ na Kwa Ndumbĩ)
rũkũngũ tũkĩrũnyua wega biũ
o tũkĩhoyaga na ngoro atĩ
mbaathi ĩyo ngũrũ uguo
nĩ ĩgũtũkinyia thayũ
thutha wa ithaa rĩngĩ rĩmwe tũgĩkinya
rĩrĩa rũkũngũ rwahũahũire ngiuma
— nĩ wega mũno, rĩu Matamba nĩ na kũ?
ndereba akĩnyonereria na kaara, akĩnjĩĩra:
— oya njĩra ĩyo na wakinya na hau mbere ũrie mũndũ ũngĩ
— nĩ wega, ngĩmũcokeria na Gĩthibanya
ngĩkĩoya njĩra ĩyo ndĩ wiki no ti handũ haraya
ngĩkinya nyũmba ya mbere ya gĩcagi kĩu
ndonetwo tene na ngetererwo

51

amu nĩ gacagi kanini, gũtirĩ mĩago miĩngĩ

kwoguo mũgeni onetwo nĩ kaũndũ o kanene

— mũkĩrĩ ega! ngĩmageithia na Gĩthibanya.

— ĩĩ, tũrĩ ega. Ũracaria kwa ũ?

— kwa *Don Kilo*, ngĩmacokeria

Rĩtwa 'Don' gũkũ Mehiko

nĩ ta kuuga 'Mũthee' gwitũ

kwoguo nĩ rĩtwa rĩa gĩtĩĩyo

rĩheagwo mũthuuri mũgima

Don Kilo angĩũka Mang'u

no tumwĩte 'Mũthee Kiro'

muciĩ wake warĩ o hau twarũngiĩ

ona arĩa ndĩroria njĩra

marĩ mũka na ciana cia ariũ a nyina!

gacagiinĩ kau andũ othe nĩ a mbarĩ ĩmwe

O tũkĩarangia na andũ acio

Mũthee Kiro nake agĩkinya

akuĩtwo nĩ mbarathi yake yetagwo Sinyorita*

akĩmĩoherera mũtĩinĩ hau nja ĩrĩage mahuti

Mũthee Kiro akĩruta mũthũ wake

(mawĩtaga 'Sombrero' kũu Mehiko)

tũkĩgeithania ngĩkĩmwĩra nĩ niĩ ũ

na mũndũ ũrĩa wandũmĩte gwake

---

52   * *Señorita* nĩ "kairĩĩtu" na Gĩthibanya

no hatiarĩ ciũria nyingĩ kana nganja

ngĩheyo gaturwa o narua

tũkĩhurũka kĩruruinĩ kĩa mũtĩ

riũwa rĩa thaa inyanya tiga!

ngĩhũra ngirathi igĩrĩ nene cia maaĩ

maria matahagwo o hau nja gĩthimainĩ

ndarora ngĩona ti kĩriku o na hanini

tondũ iria rinene rĩa Aturatiki

rĩ hakuhĩ mũno na Matamba

Nĩ ndakĩhurũkire mũciĩ ũcio

tũgĩtereta na Mũthee Kiro

kĩuria gĩakwa kĩa mbere kĩarĩ:

— weetirwo 'Kiro' ta ya cukari nĩ kĩ?

mũthee Kiro agĩtheka atananjokeria

— ndaciarirwo hingo ya ng'aragu

kwoguo ndarĩ kaana kanini mũno

maitũ akaringagwo itherũ nĩ andũ

atĩ kaĩ gwaciarwo kaana kanini atĩa

ga kiro ĩmwe tu!

kuuma hindĩ ĩyo ngĩtuuo 'Kiro'!

Mũthee Kiro akĩrika kũhoya ndeto ciakwa

ngĩkĩmwĩra kũrĩa nyumĩte Abirika

na mĩoroto yakwa ya kũmenya rũgano

rwa andũ aitũ a Abirika

53

aria marehirwo Mehiko tene
twateretanga o ûguo nĩ ndonire na ihenya atĩ
Mûthee Kiro we ndoĩ mûno hithitûria ĩyo
no nĩ oĩ wega ndeto cia nyûmba yao
ûguo nĩguo andû aingĩ aitû matariĩ
nĩ moĩ wega biũ mbarĩ ciao cia tene
mĩikarĩre yao rĩu na birothobĩ ya thimo ciao
kĩrĩra gĩothe managanĩrwo nĩ maithe
manyina na maguka mao
Tûgĩkĩaria mûno na Kiro na andû ake
aria othe maikaraga nyûmba ĩmwe
kwarĩ na ciana nyingĩ cia mariika mothe
na akûrû ta nyina wa Kiro mûtumia mûkûrû
woigaga nĩ wa mĩaka mĩrongo kenda
onanagia mĩtûkĩ na kĩyo kĩingĩ mûno
ndaikaraga thĩ o na ndagĩka ĩmwe
nĩ gûthambia indo, kûhaata nyûmba, o na kûruga
gûtuma itambaya na cindano ya moko
na o hau akiuga nĩ agagûtumĩra kĩmwe!
mûka wa Kiro na aka a anake ake
magĩtûrugĩra irio nyingĩ mûno
ciarĩ na biribiri ndûrû biũ!
na kanyama ka ngûrûwe
hamwe na mboco na Tortiya

54

irio cia ndŭire gŭkŭ Mehiko

Tortiya (*tortilla*) Mehiko

nĭ ta gĭtheri gwitŭ

kana ngima harĭ Mŭnjaruŭ

kana '*injera*' harĭ Mŭethiobia

nĭ kamŭgate kanini kahiana cabaci

gathondeke na mŭtu wa mbembe

rŭciinĭ karĭyagwo na matumbĭ kana mboco

ranji gakarĭĭyo na gĭtoero kĭa nyama

kwagĭa thĭĭna nĭ karĭyagwo na biribiri tu

kana gagathogotwo na tuboco

rĭrĭa koheetwo ŭguo getagwo '*taco*'

Mĭaka makĭria ma ngiri ĭmwe

kuuma mbere ya mŭcomba gŭkinya kuo

kamŭgate gaka nĭko gatŭirie rŭrĭrĭ rwa Mehiko

gĭtonga kana mŭthĭĭni gŭtirĭ ŭtakarĭaga

athĭĭni magĭkarĭa na tŭboco kana biribiri

ŭrĭa ŭkŭhota agakarĭa na nyama cia goro

Hwaĭinĭ ŭcio ngĭaria na andŭ a itŭŭra

ta mŭthuuri ŭmwe wetagwo Don Chucho

akĭmaka mŭno kŭigua atĭ ndĭ wa Abirika

agĭcangaya, akĭmbaara thiithi mŭno

njuĭrĭ yakwa na nguo ciakwa, akiuga:

    — hĭ! …Abirika! atĭ wĭtagwo Cege!

55

….Abirika!

agĩcokera rĩngĩ na rĩngĩ, akiuga:

— nĩ ndakena mũno!

nĩ kuona Mũabirika kĩũmbe!

ndũraga nyendaga gũkamuona

tondũ ithuĩ no thenemainĩ tũmonaga

na kaĩ ndũhana acio tuonaga-ĩ!

tũgĩtheka ithuothe nĩ ciugo icio

Chucho mũno amakaga nĩ kwĩyonera

atĩ niĩ mũabirika ndiekĩrĩte njũwa

kana mbete iniũrũ ngĩaragia '*mumumumu*'!

o na ndĩraria Gĩthibanya gĩa kwao!

hau hau mbica ya *Hollywood* ikĩbanjũka icere.

Matamba nĩ kĩmwe tu

kĩa matũra maingĩ ma Mehiko

marĩa matuirwo marĩtwa ma Kĩabirika

ũngiuma rĩu hau ũthiĩ itherero

ũgũkora kũndũ gwĩtagwo Mandinga

na kũngĩ Mokambo, kũngĩ Mozambique

na uhĩtũkĩre hakuhĩ na 'Kĩrĩma gĩa Kongo

Matamba (Mũgumoinĩ), Veracruz.

▼

Gĩcagi gĩkĩ gĩtagwo *Matamba*
kana *Las Tres Higueras* (Mĩgumo Itatũ)
nĩ tondũ hakuhĩ na harĩa gĩakĩtwo
harĩ mĩgumo itatũ mĩnene mũno
mĩtĩ wa magegania o ta mĩgumo yothe
ĩrĩte gĩtina kĩnene mũno kieya kĩgima
na yonekaga ĩrĩ mĩkũrũ mũno
yohanĩĩte na ĩkogothana hwang'e na mĩri
ndamĩrora ngĩririkana Nyagathanga
hatiarĩ nganja atĩ arĩa makire hau tene
na magĩhatua 'Mĩgumo ĩtatũ'
no ta Agĩkũyũ a tene
aria macangairio nĩ mũtĩ ũyũ

57

hihi andũ a gũkũ a tene rĩ
nĩ mamĩkumĩĩtie ta ithuĩ? ngĩyũria
nĩ marutagĩra magongona ho?
Mwarimũ umwe wa cukuru ya buraimarĩ
nĩwe waheire kĩrĩra kĩa Matamba:
"Kwĩragwo atĩ tene wa tene
Matamba nĩkuo ngombo ciaikaraga
gwetagwo 'Matamba kwa Andũ Airũ'
tondũ andũ airũ nĩ o maihũrĩĩte kuo
Mĩgumo ĩno ũkuona nĩyo twetaga Matamba
rĩtwa rĩĩrĩ riumĩte Angola, Abirika
na o na kũu riugĩte 'Mũgumo'
ũmũthĩ nĩ kũrĩ gĩcigo kĩa bũrũri wa Angola
gĩtagwo Matamba o ta gĩĩkĩ gitũ
na rũthiomi rwaragio kuo nĩ rwa Kĩbantu
o ta Gĩkũyũ, Kĩbemba, Gĩkongo, Gĩthwaĩri
na thiomi ingĩ magana maingĩ
iria ciaragio Abirika ũmũthĩ"
nĩ wakĩona mĩri ya hithitũria ndĩmunyũkaga raithi?

Veracruz, Mehiko
nĩ kuo Nderu Nduune ciakinyire mbere
citongoretio ni mũtongoria Hernando Cortés
marĩkia kũnyarira na kũnina eene bũrũri

58

makĩhanda igwa, mbamba na mbakĩ

makĩambĩrĩria kũgĩĩra andũ Abirika

ngombo cia kũruta wĩra mũritũ

kũhanda, gũtema na kũmira igwa

cia gũthondeka cukaari

na njohi ndũrũ ya *rum*

makĩrehwo andũ aingĩ kuuma Abirika

ngombo cia mbere magana matano

cietirio nĩ mũtongoria ũcio Cortés

cikĩgũrwo Kongo na Angola ikĩreehwo

nĩ Mũitariani wetagwo Lombardo de Lomelin

Ici ti ng'ano cia marimũ Maitũ

wothe nĩ uhoro mwandĩke

na ngaũthoma na maitho makwa

Gũtema igwa, Veracruz

Kuuma hĩndĩ ĩyo ũkombo waingĩra

andũ a abirika makĩreehwo aingĩ mũno

59

Mehiko andũ 250,000 na makĩria

amwe ao nĩ makire kana magĩakĩrwo kambĩ

cia gũikaraga o kĩu macambainĩ

(o ta iria tuonaga cambainĩ cia kahua na macaani Kenya)

andũ acio nĩ maririkanaga kũrĩa moimĩte:

arĩa moimĩĩte bũrũri wa Mandinga, Abirika ya ithuiro

magĩaka kambĩ kana icagi magĩcitua Mandinga

a Mozambike nao, magĩaka Mozambike

nao a Kongo no maririkanaga kĩrĩma kĩao

kwoguo mĩri ya rũrĩrĩ ndĩmunyĩkaga ũhũthũ!

ĩhiana thangari…

Ngombo nyingĩ mũno nĩ moragĩra ũkombo

magatonya mũtitũ na kũnene irĩmainĩ

gũtũra kuo handũ ha ũkomboinĩ

(nĩ ndĩkũganĩra cia ũmwe wegatgwo Yanga)

andũ ta acio metagwo *cimarrones*

atĩ imaramari, o rĩrĩa mararũĩra wĩyathi:

— nĩ ũiguaga cia Mau Mau?

El Coyolillo

Hakuhĩ na Kĩrĩma gĩa Kongo

nĩho gĩcagi gĩa Koyoliyo (*Coyolillo*) kĩrĩ

ndoima Matamba ngĩoya rũgendo rũngĩ

mbaathi nĩ ngũrũ na ndĩrĩ mũndũ ĩtigaga njĩra!

60

bara nayo ĩkegonyania ithioro nyingĩ mũno

ndereba agatereba na kahora kega

mĩena na mĩena no hurũrũka na irĩma

bũrũri nĩ wa heho na mbaa nyingĩ

mĩtĩ na ithaka na nyeki nduru

ng'ombe cia ngirĩndi ikĩrĩithio

mĩgũnda ya kahũa

matunda mĩthemba mĩingĩ

bũrũri mũnoru ma

gwatumaga ndirikane Kenya

haraya karĩmainĩ igũrũ

kahiana gathũnũ ka murĩithi

ngĩona gakanitha kanini mũno

kangĩiganira hihi andũ ikũmi tu

ngamenya kau gakirwo nĩ mwene camba

agocagĩre Ngai ho…

Hĩndĩ ĩyo ngĩĩrorera nja

thĩinĩ wa mbaathi no kwarĩ na uhoro

ciana, atumia, athuuri, airĩĩtu na anake

mbaathi yageraga icagi nyingĩ

ĩkĩrũgamaga kuoya na kũrekia andũ

athii no kĩrĩra na ndeto nyingĩ

ndathiaga ngĩthikagĩrĩria itekwenda:

— atĩ hĩ! akĩnjĩĩra ũguo na ma!

— *Por Dios*! Ma ya Ngai! kaĩ ũcio ndarĩ tha ĩ…!

mũtũmia nĩ gũteta atetaga

nake mũratawe agĩcokia

— Reke ngwĩre ũhoro wa ma:

— korwo nĩ niĩ ndamũthita hau hau…!

kaana gakĩambĩrĩria gwĩtia nyina irio

agĩkeera gakire: nĩ ũkũrĩa twakinya mũciĩ!

kaana gakĩambĩrĩria kũrĩra na kĩyo kĩnene

twathianga ngĩigua hũĩhũĩ ta ya andũ maranegenania

ngĩambararia ngingo amu ndionaga wega na kũu thuutha

mwene mũgambo agĩkuhĩrĩria

arĩĩtie na kanua kahiũ mũno agĩkayaga:

— rora wega! rora wone harĩa karĩ!

— nĩ wa kau, kau! kau!

— nĩ wakona? kau! kau!...

ngĩhiũhĩrwo mũno kũmenya nĩ gatũ kau

o kahora mwene mũgambo agĩkuhĩrĩria

ngĩona nĩ gathuuri gakuhĩ mũno

kena ũthiũ wa ikanga

na maitho mahiũ mũno

marahiũkahiũka ũ na ũ ta ma kabũkũ

gathuuri kau karĩ na gĩũthi gĩa karũbaũ

na tũkunĩko tũtatũ tũkunĩkĩirie kabirigũri:

— nyonia haria kabirigũri karĩ!

62

— nyonia ũrĩe mbia! o rĩu, haha, nyonia!

gathuuri rĩu karĩ mbere yakwa

kandoreete na mwĩhoko mũingĩ

gakĩhiũria tũkunĩko tũrĩa na mĩtũkĩ mũno

atĩ o na ndũngĩona mbirigũri ĩrĩa ngunĩkĩrie

— nyonia! nyonia! ũrĩe mbia ici!

— igĩrĩra o kĩrĩa ũkwenda,

— wamenya harĩa karĩ mbia nĩ ciaku!

— kau! kau! nĩ wakau! igĩrĩra hau, haha….!

ngĩtheka na ngoro ngĩmenya, we!

makanga no makanga thĩ yothe

Kĩmwana twariganĩĩtie gĩgĩtheka

gĩkĩnjĩĩra na kahora:

— wĩmenyerere mũno!

aya nĩ atunyani nĩ megũkũhcenia

— ndĩmoĩ mũno, ngĩcokia

na hau ngĩona mweke wa kwaria nake

— Wĩ wa gũkũ wee? ngĩmũria

— ĩĩ gwitũ nĩ na haha mbere, Otate

gĩcagi kĩu kĩ hakuhĩ na Koyoliyo

— ooo! nĩguo? na rĩu umĩte kũ?

— nyuma kuona mwarĩ wa maitũ Halapa

— ĩ nawe?

— gwitũ nĩ Abirika, no iceera gũkũ

63

kĩmwana kĩu gĩtianjokeirie

Abirika ndoĩ nĩ gĩcagi kĩrĩkũ

na niĩ ndona ũguo ngĩkira

akĩnjĩĩra etagwo Antonio

na arĩ wa mĩaka ikũmi na mũgwanja

o ta muumo mũingĩ wa icagi cia gũkũ-rĩ

Antonio no buraimarĩ athomete

kwĩ hinya mũno gũthoma, akĩnjĩĩra

mbia gũtirĩ kana wĩra mwega, no wa mĩgũnda

tũrĩmaga mbembe, mboco na matunda

maembe na ndimũ citirĩ mbia

o na kahũa gaticirĩ matukũ maya

thogora wa indo cia mũgũnda no kũgwa

— o na kahũa nĩ tũramunya — ta rora!

akĩnyonereria nja ya ndirica

ngĩona kũndũ kahũa kamunyangĩtwo

nĩ kwaga baita no wĩra mũtheri

— mbembe twendagia twagetha kĩmera

— tũgacoka gũcigũra goro twaga cia kũrĩa

— mũrĩmi mũnini rĩu ndarĩ kĩene

na niĩ ngĩkĩĩra Antonio atĩ

o na gwitũ kahũa no ta guo

kwaga mawĩra no ta guo

magetha na mbura kũnyiiha

64

kũrĩma cia kũrĩa tu

mbia kwaga

na macio mothe…

— Rĩu ũgwĩka atĩa hau kabere? ngĩmũria

— to gũgĩcaria wĩra wa moko?

agĩcokia ta ndoria kĩũria kĩmata

no mũno nyendaga gũgathiĩ Mehiko*

tondũ kũu nĩ kũrĩ kĩbarũa

no mũno mũno makĩria

ingienda gũthiĩ Amerika ya Rũgũrũ*

tondũ kũu nĩ kuo njiguuga

wĩra nĩ mũingĩ na mbia njega ya *dollar*!

tũkĩarangia o ũguo thabarĩinĩ

mbaathi rĩũ ikĩambata karĩma kanene

gacũmbĩrĩinĩ gakĩo tũgĩkinya gĩcagĩ kĩngĩ

mbaathi ĩkĩrũgama:

— Nĩĩ nĩ ndakinya, gĩthiĩ na wega

ngĩĩra Antonio na ngiuma

— *Adios*!

— *hasta luego*!

Tũtanehuura rũkũngũ

kĩhĩĩri gĩa ciana nyingĩ gĩgĩtũthiũrũkĩria

tondũ mbaathi ĩyo yũkaga rĩmwe mũthenya

---

kwoguo gũkinya kwayo nĩ ũhoro mũnene
twana twa gĩcagi twainaga na gũkaĩrĩria:
— mbaaaathi! mbaaaathi!
El Camion nĩ yakinya!
mbaaaathi! mbaaaathi…!
Ndathiĩte El Coyolillo kũmenya
tondũ nĩ gĩcagi kĩngĩ gĩa tene mũno
kũrĩa gwaikaragwo nĩ andũ a Abirika
harĩ atĩ hĩndĩ kĩarĩ kĩa andũ airũ tu
gacũmbĩrĩinĩ ga kĩrĩma gĩa Kongo
gĩaikaragwo nĩ ngombo cia *La Concha*
kĩganda kĩnene na gĩa tene mũno
gĩa cukaari na njohi ya *aguardiente**
andũ a Abirika nĩ o makĩrutagĩra wĩra
nginya ũmũthĩ ũyũ tũrĩ
andũ a Koyoliyo na angĩ a icagi ingĩ
marutagĩra kĩganda gĩĩkĩ wĩra:
kũhanda mbeũ, kũgetha, gũcikuua
kũmiira ngogoyo na cuma nditũ
rĩmwe kũmiirwo njara
arũme othe nĩkuo methaga mũtu
nao atumia maikaragia mĩciĩ gĩcagi
kũrera ciana, kũrĩma tũbeebe na tũboco

---

*"maaĩ marũrũ" na Gĩthibanya, na no yo *cang'aa*

kũruga, gũtaha maĩ, na mangĩ maingĩ.

"Burro" nĩyo ndigiri ya gũkuua mĩrigo ta ngũ

Mũthenya ũrĩa ndacereete kuo
warĩ wa Femburuarĩ ikũmi na inya
mũthenya mũnene harĩ andũ a Koyoliyo
andũ mũthenya ũcio no kũhurũka
makaiga hiũ na mabanga ma wĩra thĩ
mathĩĩna mothe magatemanio
gwa kahinda ga kiumia kĩmwe
no gũkena, kũina, kũnyua na kũhuurũka
ũndũ ũcio meekaga kuuma tene
mĩaka magana ya magana mĩhĩtũku
nginya ũmũthĩ ũyũ o mwaka, nĩ *fiesta*
  Ndathiĩte kwĩyonera ngumo ndanaigua
gũtirĩ mũndũ ndoĩ kuo no ndiamakaga
na ndoima mbaathi o ũguo

67

ngĩguthwo guoko nĩ kamwana kanini
gakĩnjĩĩra: ũka! ũka nguonie kũrĩa ĩrainĩrwo!
ngĩtithia, ngĩũria kamwana rĩtwa rĩako
— njĩtagwo Manuel, gakiuga na ihenya
ũka nguonie gwitũ!
Hĩ! ngĩcangaya mũno no ndione ũru
ningĩ tondũ ndirĩ ũngĩ ndoĩ-rĩ
ngĩrũmĩrĩra kamwana kau ti Manuel
gakĩndwara kwao mũciĩ
ngĩkora nyina na ithe
— nĩ ndareehe mũgeni! gakĩmeera
ngĩgeithania na ngĩheyo gĩtĩ
ngĩkĩmahe rũgano rwakwa na itũmi
— nĩ twakena mũno nĩwe gũceera gwitũ
ithe wa Manuel akĩnjĩĩra
ngĩrutĩrwo tortiya na mboco ngĩrĩa
ngĩikũrũkia na ũcũrũ metaga *Atole*
ngĩcokwo nĩ thayũ o tũgĩteretaga
ndaiguaga ta ndĩ mũciĩ biũ
andũ a Mehiko nĩ andũ atugi
mũno makĩria and•a icagi

Yanga Mũtongoria

Gũtĩrĩ mũtongoria wa andũ airũ
mũriganĩre kana ũtoĩyo ta Yanga

68

thĩinĩ wa ng'ano cia andũ airũ

arĩa marutirwo Abirika

makĩreehwo gũtuuo ngombo

Yanga arĩ kuo tene mũno

miakainĩ ya magana ma ikũmi na ĩtandatũ

na ya ma mũgwanja (16th-17th C.)

arĩ kuo mbere ya njamba iria ciũĩyo makĩria ta:

Frederick Douglas wa Amerika ya Rũgũrũ

Toussaint L'Ouveture wa Haiti

Paul Bogle wa Jamaica

kana Harriet Tubman

mũtumia ũngĩ wĩ ngumo nene

ya gũteithia andũ airũ morĩre ũkombo

Enrique Herrero Moreno

nĩ andĩkire rũgano rwa Yanga

kĩambĩrĩriainĩ kĩa mĩaka ya 1920

andũ a Mehiko nĩrĩo maruganagia ũhoro

wa kweheria ndigitĩĩta ti Porfirio Diaz

tondũ wa kũhinyĩrĩria mũingĩ

na kwenderia comba bũrũri

andĩki arĩa matetagĩra mũingĩ

Yanga, Veracruz

nĩ mageragia kũhingũra mũingĩ maitho

na kumonia atĩ kuuma tene

andũ ahatĩrĩrie a Mehiko manarũĩra wĩyathi

kwĩruta ũkomboinĩ wa nyakeerũ

kũhũrana na ungoronia

ungumania na ũndigitĩĩta

mĩaka magana matatu thuutha

nĩ rĩo Yanga akĩririkanwo

mũingĩ wa Mehiko nĩ manyitanĩire

magĩĩka *mapinduzi* marũrũ

na mwaka-inĩ wa 1910

70

ndigitĩĩta Porfirio Diaz akĩeheririo
no rũu naruo ni rũgano rũngi...
Gũcererwo ti gũtĩĩra
o na Kĩmathi no agacoka
tondũ njamba nene ya bũrũri
kana kĩhoto na ũira wa ma
citingĩthikĩka...

Kĩhumo Kĩa Yanga
Gũtuikaga atĩ Yanga (kana 'Nyanga')
aciarĩirwo bũrũriinĩ wa Nairo ya Rũgũrũ *
rũrĩrĩinĩ rwa Yangbara
bũrũri wa andũ metagwo Bari
na marĩ o kuo nginya ũmũthi ũyũ
Bari nĩ rũthiomi rwaragio Sudani
nĩ andũ ta 250,000 ũmũthĩ
icigoinĩ cia Kuku na Nyangbara
nĩ kuo kwaragio Kĩ-nyangbara
na nĩ kuo Yanga oimĩĩte tene
atĩ nginya ũmũthĩ ũyũ
ti kahĩĩ kamwe kana twĩrĩ
ũngĩigua tũgĩĩtwo Yanga
Ũganda nakuo Kĩ-bari

* *Upper Nile*

kĩaragio nĩ andũ ta 60,000
Abari angĩ anini monekaga Kongo
(ndũkariganĩrwo atĩ hĩndĩ ya Yanga
gũtiarĩ mabũrũri ma kĩngoronia
marĩa mekuo ũmũthĩ ũyũ)
rũthiomi rũrũ andũ a Yanga maragia
nĩ rwa mbarĩ ya Kĩnairo*
hamwe na thiomi ingĩ
ciaragio Kenya, Uganda na Sudan
Kĩnandi na thiomi cia Karenjini
Kĩnjaruo, Kĩacholi, Kĩdinka,
Gĩkaramonjong, na ingĩ nyingĩ
ningĩ no kũrĩ ingĩ Abirika ya Itherero
Angĩkorwo Yanga oimĩĩte kũu
harĩa mabũrũri ma rĩu ma
Uganda, Sudan na Kongo macemaneirie-rĩ
no nginya akorwo meeri ya endia andũ
yamuoeire Cabinda kana Luanda (Angola)
tondu nĩ ho agũri a ngombo
Areno na Thibanya
matonyagĩria andũ meeri
makamatwara mũrĩmo wa iria
nginya Amerika na Karibe

*Nilotic

Yanga hamwe na andũ angĩ aingĩ

nĩ magĩtahirwo kĩa hinya

na rĩrĩa moimire thĩinĩ wa meeri

thutha wa rũgendo rwa thĩĩna

kĩrĩro, gĩkuũ na kĩmako kĩnene

mekorire Verakruz, Mehiko

kũrĩa ngũgũceeretie na hau kabere…

Gũtuĩkaga atĩ Yanga

arĩ mũrũ wa mũthamaki wa kwao

ũndũ wamũrakaragia mũno e Mehiko

atĩ tiga atahirwo na agĩtuuo ngombo

nĩwe ũngĩanatongoria rũrĩrĩ rwao

— ta imanjini korwo nĩwe!

wage gĩtĩ kĩa ũthamaki ũtuĩke ngombo!

kuuma rĩrĩa ahutiric tĩĩri wa Mehiko

Yanga ndacũngire kana gwĩthikĩra

no kwambia ambĩrĩirie kũrũĩra wĩyathi

mũthenya ũmwe mwakainĩ wa 1579

Yanga akĩiguithia gĩkundi kĩa ngombo

magĩtua mĩnyororo makĩũrĩra mũtitũ

irĩmainĩ cia Zongolica, Veracruz

andũ acio moragĩra ũkombo

meetagwo *cimarrones* na Githibanya

atĩ nĩ imaramari…

Yanga matũraga mũtitũ megitaga
kwa ihinda rĩa mĩaka mĩrongo ĩtatũ
mahũranaga na thetera cia Thibanya
Yanga na andũ ake maikaraga
gĩcagiinĩ kĩa nyũmba ta igana rĩmwe
cia mĩtheece, ndathe na nyeki
makarĩma irio ciao, indo ciao
mageka maũndu mao ma ndũire
gĩcagi kĩu gĩakĩtwo kũndũ irĩmainĩ
mũtitũinĩ mũtumanu mũno
kũrĩa andũ a Yanga megitagĩra
makaheo irio na ndawa nĩ mĩtĩ
nyoni na nyamu cia gĩthaka
mahandaga na makarĩma
mbembe, waru na mboco
biribiri na mbakĩ
mbamba ya gũtuma nguo ciao
mĩtĩ ya matunda na ndawa
gĩcagi kĩu gĩgĩtheerema wega biũ
kwa ihinda rĩa mĩaka mĩrongo ĩtatũ
andũ acio nĩ ta macokeete Abirika
Yanga nĩwe warĩ mũtongoria
mũtua cira na mũthamaki
thirikari yake yarĩ ya ciama

74

nĩ gwathomithanagio kwandĩka
o hamwe na ndini ya Gatoreki
ĩrĩa marutĩtwo moka Mehiko
Yanga no we warĩ mũhikithania
andũ ake nĩmahikagia ene Mehiko
endaga manyitanĩre tondu nĩ onaga
othe marĩ ũkomboinĩ wa comba hamwe
nĩ marĩ na mbũtũ ya mbaara
ĩtongoreetio nĩ Mũangola njamba
wetagwo Francisco de la Matosa
Mĩaka ĩyo yothe Yanga
matũraga na mwĩhũgo mũingĩ
thũ ciao no ciamacaragia
ikĩgeragia ũrĩa cingĩmacokia ũkomboinĩ
wĩyathi wa gĩcagi kĩa Yanga
warĩ ũgwati mũnene harĩ mathetera
mamakagio mũno nĩ kũigua
andũ airũ maikaraga matarĩ ngombo
— ĩ mangĩtũma arĩa angĩ othe
nao metie wiyathi wao!
ningĩ Yanga nĩ aheanaga gĩĩkaro
mũndũ wothe ũrĩa woragĩra ũkombo
andũ othe ahinyĩrĩrie nĩ comba
maigua ngumo ya Yanga nĩ makenaga kũmenya

75

atĩ nĩ kũrĩ kũndũ mangĩũrĩra

Andũ amwe a Yanga

marĩ na marakara maingĩ harĩ athũngũ

arĩa mamathĩinĩitie na kũmatua ngombo

nginya magatũma morĩre mũtitũ

rĩngĩ na rĩngĩ njamba cia Yanga

nĩ ciatharĩkagĩra camba cia mathetera

cigacina na cigakuua indo na mahiũ

no gĩtũmi kĩnene mũno makĩria

nĩ mĩthabaara ya mathibanya

ĩrĩa yatwaraga thahabu na thiriba

cukaari na mĩtĩ ya mbaũ

mbamba na mbakĩ

ũtonga wa kũiya Mehiko

yothe yageraga hakuhĩ na kwa Yanga

tondũ meeri icukagira Veracruz

mĩthabara yakĩohagĩrio njĩra ĩyo

ngumo nene njũru

wĩtigĩri wa andũ airũ

eega kana oru

ũkĩingĩha guothe Mehiko

Yanga nĩageragia mũno

kũgiria njamba ciake ciĩke ũmaramari

no ndangiakĩhotire hĩndĩ ciothe

76

kũgiria anake kwĩruta mathata na comba

mĩaka ĩyo mĩrongo ĩtatũ mũtitũ

Yanga no kĩrĩra arutagĩra andũ ake

gĩa kũrĩa moimĩĩte Abirika

na itũmi cia gũtũra mũtitũ

na kũrũĩra wĩyathi

Mwakainĩ wa 1612 Mehiko

mũhuuhũ bũrũriinĩ wothe

atĩ andũ airũ me na mũbango

wa kũgarũra thirikaari ya Marĩkiya

atĩ morage thetera ciothe

maigĩrĩre thũmbĩ mũthamaki wao

gũgatuĩka atĩ *mapinduzi* macio

mageekwo mũthenya wa Gatano Gatheru

hingo ya Bathika ya mwaka ũcio

Athũngũ makĩgĩa na guoya mũno

makĩhingĩra nyũmbainĩ ciao

na makĩingata ngombo nyũmba

andũ othe airũ magĩathwo kaabiũ

matikaume nja gwatuka

matikaine kana marie me hamwe

matigeeke maũndũ mao ma nduire

ngabana wa Mehiko hĩndĩ ĩyo

arĩ Mũthibanya wetagwo Luis de Velasco

akĩona no nginya ahorerie matheetera

matige kũmaka na kũremwo nĩ wĩra

agĩtũmana njeera ciake

kũgĩĩrwo andũ airũ mĩrongo ĩrĩ na kenda

arĩa mohetwo nĩ itũmi ingĩ ta kũiya kana ureebi

agĩathana andũ acio maitwo na mĩkwa mbere ya andũ

ndũnyũinĩ ya Mũciĩ mũnene wa Mehiko

ciongo ciao cikĩng'eo

cikĩambwo na mĩtheece matukũ ikũmi

nginya andũ makiuga cieherio nĩ kũnunga

Ngabana Velasco eka gĩiko kĩu

endaga kũheenia andũ ake

atĩ agarũri thirikaari ya Marĩkiya

nĩ amenye na nĩ meherio

— waririkana Kenya hindĩ ya Manjeneti?

Mũnene ũcio wa Marĩkiya wa Thibanya

agĩcoka akiuga kuuma hĩndĩ ĩyo

nĩ ekũnina Yanga biũ

na andũ airũ othe arĩa matetagĩra wĩyathi

na kũnina ũkombo na ũhahami

agĩciria atĩ angĩnina Yanga biũ

no ahote kũhoreria andũ ake

na atũme ngombo ciothe cimake

citige kũragĩra ũkombo na gwĩtia wĩyathi

78

— to ta guo meciragĩria Kĩmaathi?

Ngabana Velasco agĩkĩruta watho

agĩtũma njeci ciake na kabuteeni

wetagwo Gonzalez de Herrera

ena thigari igana rĩmwe

thetera nyingĩ cia kwĩrutĩra

(waririkana Kenya Ng'ombe?)

arathi a mĩguĩ igana rĩa mĩrongo ĩtano

ndungata na ngaati magana meerĩ

makĩoha matharaita makahũre Yanga

macine na manine gĩcagi kĩu gĩake

nĩ getha macokie andũ acio airũ

ũkomboinĩ wa tene na tene

Rĩrĩa Yanga amenyire atĩ mbũtũ ĩ njĩra

itungati ciake cikĩbarabaria

cigĩthie kuohia Gonzalez

no kwa mũnyaka mũru

hitho ya mũtego wao ikĩhithũrio

itungati cia Yanga igĩcambũrĩrwo

ikĩhinyĩrĩrio mũno nĩ mbũtũ ya comba

Yanga na andũ ake, o ta Kĩmaathi

matiarĩ na mĩcinga mĩiganu

kana mĩnene ta ya mathetera macio

ningĩ mbaara ĩrĩa moĩ mũno

yarĩ ya kũringa na gwĩthara.

Yanga hĩndĩ ĩyo arĩ mũthuuri
no nĩ arũire hamwe na andũ ake
nginya ihinda rĩa mũthia
andũ airũ aingĩ magĩkorwo manangĩtwo
angĩ aingĩ makĩiũrĩra mĩtitũ thĩinĩ makĩria
magĩthiĩ na mbere kũrĩra ũkombo
Yanga akĩrega gũtherenda o na arĩ mũhote
akĩuga hatiarĩ njĩra ĩngĩ tiga mbaara kana gĩkuũ
— kana wĩyathi wa andũ airũ
Anyitwo nĩ macirire mũno na Ngabana
makĩiguithanĩria Yanga aheeyo
harĩa angĩaka gĩcagi
andũ ake maikarage matarĩ ngombo
nake Yanga agĩĩtĩkĩra gwathĩikĩra Marĩkiya
na ndakareka ngombo ciũrĩre gwake rĩngĩ
kana ciheeyo ũteithio nĩ andũ ake
Mwakainĩ wa 1631
Yanga na andũ ake magĩaka gĩcagi
kĩa mbere kĩa andũ airũ eyathi
thĩinĩ wa Amerika ng'ima
ya rũgũrũ na ya mũhuro
yani: *"el primer pueblo libre de América"*
gĩgĩtuuo San Lorenzo de los Negros

80

yani, Gĩcagi kĩa Mũtheru Lorenzo wa Andũ Airũ

Ihindainĩ rĩu o na Haiti ndĩeyathĩĩte

o na Maamerika matiakoreetwo hĩndĩ ĩyo

mareganĩĩte na watho

wa Marĩkiya wa Ngeretha

wĩyathi wao macokaga kũneeyo 1776

makĩria ma mĩaka igana thuutha wa Yanga

Wĩyathi wa maratathi kana wa bendera tu

— ucio ti wiyathi kũigana!

Yanga nĩ magĩakire gĩcagi kĩao

marigicĩirio nĩ ũkombo

na karambaa ya mathetera

wĩyathi wa Yanga ndwakenagia

arĩa metĩkĩtie atĩ mũndũ mũirũ

kana kabira nyene Mehiko ti andũ

nĩ nyamũ cia gwathwo na gũthogoranio

Yanga, andũ ake na wĩyathi wao wa maratathi

maikaririo na heho nĩ comba athani

kwĩhũgaga makĩũgitagwo, magĩcambagio

magĩĩtagwo aici, gĩko, imaramari

wĩra wa gũthũkũma matingĩheyo

na tondũ nĩ magĩtĩkĩrire-rĩ

wĩyathi wao ndwamarekaga

gũteithia andũ angĩ makĩũrĩra ũkombo

kwoguo o na o andũ arĩa angĩ airũ
magĩtiga kuona Yanga ta mũrata wao
ti ta rĩrĩa marĩ na wiyathi wao mũtitũ!
Macũngĩrĩroinĩ ma ũhoro nĩ atĩ
Yanga agĩtũmĩrwo marũa
atĩ agacemanie na ngabana
muciĩ mũnene, Mehiko
— no ndakinyire:
mamuoheetie njĩrainĩ
makĩmũnina na njĩra njũru
thuutha ũcio hanini
Ngabana o ũrĩa rĩu warĩ kuo
akĩgarũra rĩtwa rĩa itũũra
San Lorenzo de los Negros
akĩrĩhe rĩtwa rĩake we mwene
San Lorenzo *de Cerralvo*!
Mĩaka magana nĩ mĩhũtuku Maitũ
no nĩ urakĩigua ũrĩa ndeto
cia mũthũngũ na mũndũ mũirũ
citarĩ ciagarũrũka
no ta iria mwĩrĩga Kenya
mĩaka mĩnini mĩhĩtũku
kana ũrĩa tũkuona na hau kabere
twaremwo nĩ kũma na wĩyathi witũ

82

Maitũ, ũmũthĩ ũyũ Yanga

nĩ taũni ya andũ ta ngiri ithano

manyũmba nginya rĩu no wone

ũrĩa makĩtwo na thingo mata mũno

na mĩrango mĩnene mũno ya cuma nditũ

no ndũkuona mũndũ mũirũ

o na kana ũkuoneka e na thakame ya rũrĩrĩ

no twahĩtũka hau tũthiĩ ta mairũ ithatũ

ũgũkora gĩcagi kĩngĩ kinini

gĩtagwo Mata Clara

andũ a kĩo nĩ andũ airũ

hihi nĩ ta o njiarwa cia Yanga

kuonekaga ta arĩ kũingatwo maingatirwo

magĩthamio kana makieherio itũũra rĩao rĩrĩa makire

ũmũthĩ njiarwa cia Yanga

matimũĩ wega

mathetera ma hĩndĩ ĩyo

na atongoria a thuutha-inĩ

mathiaga o na mbere

gũtharia hithitũria ya andũ airũ

nĩ mageretie mũno Yanga ariganĩre

no rĩu ningi nĩ aracoka

thuutha wa miaka magana

Rekei hithitũria ĩgatuonereria

atĩ ĩthiaga ĩgĩcokagĩra

nĩkĩo Yanga e hau ũmũthĩ

gũtũririkania atĩ wĩyathi wa mũndũ mũirũ

wonekeete na thĩĩna mũnene makĩria

ningĩ atĩ endi bũrũri matigathira

kĩririkano kĩao nĩ kĩo rũciũ rwitũ.

wiyathi ti bendera kana kwandĩkanĩra

wĩyathi wa ma nĩ kwĩyatha wee mwene

Nĩ kaba kũinũka

▼

Mũthia wa ũhoro

Mũthenya ũrĩa ndacokire Mang'u
warĩ mũthenya mũnene mũno
thĩinĩ wa ũtũũro wakwa wothe
gũcoka mucii Kenya, Abirika
kweherera ũtũũro wa mĩaka mĩingĩ
wa kwĩrira na kwĩriragĩria o mũthenya
kwaga kũiganĩra harĩa mũndũ arĩ
ikeno nyingĩ cia maratathi
kũririkanagio o mũthenya
atĩ wĩ mũgeni, wĩ kwene
No ningĩ hatirĩ nganja
atĩ mũrĩmo nĩ ndohĩgĩire
ngĩmenya maingĩ itangĩanamenya:
kwĩyũmĩrĩria na kwĩrũma kĩni
kũruta wĩra na hinya na kĩyo
kwaga gũkena hatarĩ gĩthimi
kũmenya thiomi na mĩikaririe
cia andũ a Mehiko, Rũraaya
Amerika ya Rũgũrũ, ya Gatagatĩ na ya Guthini
ngĩmenya ng'ano cia andũ a Abirika
a Mehiko, Amerika, Karibe
ngĩthoma gĩthomo kĩingĩ

85

ngĩrĩanĩra na ngĩnyuanĩra

na ene maburũri arĩa ndakorire

o na ndirĩ ndaingatwo kũndũ

kwoguo ndingĩrira o na hanini

No ũhoro wa ma nĩ atĩrĩrĩ:

rũgũrũ kana itherero, nĩ ma

mũciĩ nĩ kuo kwega makĩria

♦

Ciugo ici ndũire nyandĩkaga

na guoko gũkũ gwakwa

nĩguo ngũganĩre wee Maitũ

nawe ũganĩre andũ aitũ ethĩ

kana o methomere na Gĩkũyũ

mone ũrĩa ndanoona

hihi magĩe hinya mũiganu

wa kũrũmĩrĩra irooto ciao

nacio iciare maũndũ mega

ma kwĩguna o ene na bũrũri wao

tondũ wega umaga na mũciĩ

na rũgendo rwa mairo ngiri ĩmwe

rwambagĩrĩrio na ikinya rĩmwe

Thaai!

♦

www.ingramcontent.com/pod-product-compliance
Lightning Source LLC
Chambersburg PA
CBHW030150200626
46812CB00016B/1778